D1702488

Werner Momsen ist in einem verregneten Sommer Ende der 90er Jahre in einer Hamburger Kellerwerkstatt zur Welt gekommen. Seine Eltern sind mehrere Väter aus dem Hamburger Puppentheater-Milieu. Eine Mutter hat es nicht gegeben. Namen und Anzahl seiner Geschwister sind nicht bekannt, bei Rainer, dem Maulwurf aus dem Kindermärchen, soll es sich aber um einen Stiefbruder handeln. Werner ist seit vielen Jahren mit Lisbeth verheiratet. Angeblich haben sie sich bei einem Liebesurlaub in Wyk auf Föhr kennengelernt. Insiderkreise behaupten aber sie hätte ein Puppenbauer verkuppelt. Man weiß es nicht. Kinder gibt es scheinbar zwei, die aber noch nie einer zu Gesicht bekommen hat. Sie heißen Thorsten und Rainer. Angefangen als Kleindarsteller in norddeutschen Bürgerhäusern, hat er sich inzwischen auf die bekanntesten Bühnen Deutschlands hochgesabbelt. Auf dem Weg dahin hat er alles mitgenommen, was geht. Hochzeiten, Geburtstage, Tupperpartys, Beerdigungen. Momsen tritt überall da auf, wo die Menschen Spaß haben wollen.

Er ist Kreuzfahrer mit über 200 Tagen Borderfahrung, Mitglied im Männergesangsverein „Rauhe Kehle Altona", war lange Zeit erster Vorsitzender im Kaninchenzuchtverein „Kleiner Lauschangriff" und hat u.a. schon mit Roberto Blanko unterm Tannenbaum gesessen. Auch sportlich gibt er gern alles und ist nicht nur Inhaber des Sportabzeichens in Gold, nein, nach 3 gelaufenen Marathons hält er seit 2016 sogar den Weltrekord im Marathonlauf mit Handpuppe! Seit 2015 ist er Autor der Reihe „Hör mal'n beten to".

Werner Momsen

Dag ok ...

Quickborn-Verlag

Alle Rechte, insbesondere der Vervielfältigung, der Übersetzung,
der Dramatisierung,, der Rundfunkübertragung, der Tonträgeraufnahme,
der Verfilmung, des Fernsehens und des Vortrages,
auch auszugsweise, vorbehalten.

Die plattdeutsche Schreibwese des Autors
ist unverändert übernommen worden.

ISBN 978-3-87651-442-0

© Copyright 2017 by Quickborn-Verlag, Hamburg
Umschlagfoto: SeaTravel@vel
Umschlaggestaltung: Günter Pump, Nordhastedt
Gesamtherstellung: CPI books GmbH, Leck
Der Umwelt zuliebe
auf chlorfrei gebleichtem Papier gedruckt
Printed in Germany

Inhalt

Dag ok   9

Lief un Seel
Deelhabe   11
Sülmshölpgrupp   14
Esoterik   18
Botox   20
Tätowierungen   23
Faszien un Co.   25
Lachjoga   27
Keih Kuscheln   29

Klamotten
Wat antrecken?   31
Elegant oder leger?   33
Manchesterböx   35

Dor kann ik mi öber upregen!
Schuum vör`t Muul   39
Recht hebben   41

Bi`n Bäcker	43
Telekom	45
Toiletten	48
Hundeschiet	52
Sommertiet	54
Junggesellenabschied	57

Eten un Drinken
Fingerfood	59
Eten up Krüzfohrt	61
Fondue	66
Neemooodsche Kaffeemaschien	67

Use Ümwelt
Weder	71
Mülltrennen	73
Windkrafträöd	75
Energiesporlampen	76

Leven
Tiet	79
Wat is Glück?	81
Dat Paradies	83
Selbstoptimierung	85

Werner Momsen • Dag ok...

För Erika un de ole Heimat Baden

Dag ok,

mien Naam is Momsen, Werner Momsen. Ik bün Klappmuulkomiker ut Hamborg. Ik frei mi, dat du mien Book lesen deist, also tominnst anfungen büst. Un dormit gor nich eerst falsche Gedanken upkamen doot, segg ik dat glieks to'n Anfang von düt Book, ik bün ne Popp! Dat is för den een oder annern wohrschienlich erst mol öberaschend, aver wenn du di inleest hest, geiht dat. Ik weet nich, kennst du di mit sowat ut oder hest villicht sogor Poppen in diene Verwandtschop? Meist woll nich, deswegen verkloor ik dat noch mol eben, wat dat heten deit, as Popp to leven.

Wie fang ik an? Hest du mannigmol dat Geföhl, frömdbestimmt to ween? Jo? Dat hebb ik ok. Ik hebb dat aver jümmers. Un de Ünnerscheed to di is, bi di is dat psychisch, bi mi physisch. Schall heten, ik hebb den ganzen Dag een achtern in mi steken. Un dat is keen Urologe... Nee, dat is `n Poppenspeler. Dat is so to seggen mien Schadden, de mi jümmers verfolgen deit. Ohn den kann ik nich los. He aver ok nich ohn mi, denn een Poppenspeler ohn Popp is as `n Footballer ohn Ball. De Rullen sünd bi us allerdings ganz kloor verdeelt: Ik bün de Chef, also quasi de „Vörgesetzte", he höllt sik in`nen Achtergrund un draff sik achteran de Lorbeern afholen.

Mi gefallt dat so. Ik bün geern een Popp. Wiel ik Saken moken un seggen draff, de de Minschen nich moken un seggen köönt. Un ik kann dat Leven dör miene Brill ankieken, dör de Momsen-Brill. Un de süht Saken, de annere foken gor nich sehn köönt. Un doröber mook ik miene Geschichten. Meist för de Bühn, af un to in Fernsehn un natürlich ok för`t Radio. För „Hör mol`n beten to" bi `n NDR. Un ut düsse Geschichten is nu düt Book wurden.

Veel Spaaß bi`n Lesen!

Lief un Seel

Deelhabe

So as Popp kummt man ne ganze Menge rüm. Un wiel ik Themen anners angahn kann as Minschen, warr ik foken to Veranstaltungen schickt, wo de Minschen de Wöör utgaht. So wörr ik nülich bi`n Berufsförderungswark in Hamborg bi eene Veranstaltung to de „Wiedereingliederung von Behinderte in Arbeit". Dor schull ik een Vördrag holen. De Vörsittende meen, ik weer dor genau de Richtige för, ik weer doch ok behindert. Also dör mien Achtermann. Dör den bün ik doch ok von annere Minschen afhängig un „mobilitätseingeschränkt". Goot hebb ik dacht, worüm nich, hool ik eben een Vördrag. Aver dormit harr ik mi echt `n Ei in`t Nest leggt. Wat seggt `n denn dor? Dat fangt doch al mit de Froog an, keen is denn behindert? Nich dat mi een falsch verstohn deit, för mi sünd eegentlich de behindert, de annere för behindert holen doot, aver man bruukt jo Schuufladen, wo man sik un annere rinpacken kann. Dormit man weet, keen wat is un keen wat nich is. Un deswegen hebb ik mi froogt, ob dat egentlich jemand fastleggen deit, af wann man offiziell behindert is. Un dat gifft dat wohrhaftig! In`t Sozialgesetzbook. Dor steiht – jetzt musst genau henkieken! – : „Menschen sind behindert, wenn ihre körperliche Funktion, geistige Fähigkeit oder seelische Gesundheit mit hoher Wahrscheinlichkeit länger als sechs Monate von dem für das Lebensalter typischen Zustand abweicht". As ik dat leest hebb, hebb ik mi erst mol mien Poppenspeler ankeken un mi froogt, wo veel Maanden de woll al afweken deit. „Söß Maanden Afwekung von den Levensöller typischen Tostand", wat schall dat denn ween, de Levensöller typische Tostand? Ward dor af een gewisset Öller son beten Fett uppe Rippen anregent? Kann man villicht son poor Weken Afwekung in geistige Fähigkeiten dör Sport utglieken? Dat is doch afsurd. As ik dat leest hebb, hebb ik immer dacht, nu mutt dat dor doch noch ne Liste geven, wo steiht, wenn `n so un so olt is un düt oder dat nich mehr kann is `n so oder so behindert. Dat steiht dor aver nich. De Experten seggt, ob un wo veel jemand behindert is, dat hangt von siene Teilhabe an `ne Gesellschaft af. Jo, aver wat kann een Rollstohlfohrer denn dorvör, wenn em de Gesellschaft nich deelhebben lett? Is de denn al behindert bloots wiel de gahnde Gesellschaft em öberall Swellen in de Weg leggt? Un de is ok nich in den Rollstohl fesselt, as veele jümmers noch seggen doot. De sit dor bloots binnen. Un so is dat foken ok mit de annern Inschränkungen von Behinderten. Ik find dat is noch lang nich to End dacht, dat mit de Deelhabe. Dor weekt bi de, wo de körperlichen Funktionen noch all funktionieren doot, de geistigen Fähigkeiten foken aver al mehr as söß Maanden af!

Sülmshölpgrupp

Ik hebb jo ingangs al seggt, dat ik dat mach, ne Popp to ween. Dat is spannend mien Leven. Ok wenn dat echt anners is as bi jo Minschen. Von Geburt an so to seggen, löppt dat allens anners. Ik warr jo ton Bispeel nich öller, sünnern bloots dreckiger. Ik bün siet meist 20 Johrn Mitte Sößtig. Nich ut falsche Eitelkeit, nee, een lütschen Momsen hett dat nie geven. Ik bün as groben Klotz up`pe Welt kamen. Wobi dat nich eenfach ween is, dormols mit miene Geburt. Ik hör nachts foken noch de Stimmen, de dör de Warkstell ropen doot: „Wo schall he denn utsehn, dien Werner?" Ik weet nich, ji hebbt villicht Angst vör Rümdokteree mit Genen un so, bi us ward de ganze Körper een to een in Opdrag geven. Dor is een Kaiserschnitt aver Kinnergeburtsdag gegen! Bi mi hebbt se nen ganzen Schnittplaan afarbeidt. Goot, se hebbt mi dorbi mit önnich Pattex benüsst, aver dat Moulinex-Messer hebb ik woll sehn, as dat mien Kopp in twee Hälften trennt hett. Mien Psychologe seggt jümmers, dat weer `n Wunner, dat ik so`n lustigen Vagel worrn bün, bi all dat, wat ik al dörmookt hebb.

Een Mudder hebb ik ni hatt. Ik bün von mien Vadder utdacht, un to`n Leven erweckt worrn. Geschwister schall ik ok hebben, aver wo veel dat sünd, weet keeneen. Angeblich is sogor `nen Mullworp dorbi. Ok keene schöne Vörstellung.

Ik hebb ne Fro, dat is Liesbeth un twee Kinner. De Fro hebb ik mi nich utsöcht, de hebb ik von mien Poppenboer todeelt kregen. Dorbi hebb ik allerdings Glück hatt. Mit Liesbeth kannst ne graade Foor plögen. De Kinner hebbt wi nich mookt, de hett us ok de Poppenboer brocht. Dat is bi us so. Sex gifft dat bi Poppen nich, höchstens af un to mol in`nen Kopp. Bi mi tominnst...

Mit all dat mutt`n erst leern ümtogahn. Deswegen bün ik siet eenige Johrn al in so`ne Sülmshölpgruppe. Wi dreept us all veer Weken in Hamborg in`ne Sesamstraat. Dor hett mi de Verkehrskasper up brocht. De hett ok ne ganz schlimme Tiet achter sik. De is mol verkehrtrüm in eene Eenbahnstraat rin föhrt un se hebbt em dorbi filmt. Dor hebbt se em den Föhrerschien afnahmen un he is sien Job los worrn. Kunn he nich mit ümgahn. He hett anfungen to supen, de Fro is weglopen, de is total dördreiht. Aver keen will em dat ok verdenken. Dat is doch nich licht, siet Johrhunderten de Hanswurst to ween. Wat hett de von grode Rullen dröömt: Rigoletto, Faust, Shakespeare. Un wat is em bleven? He rennt mit düssen dösigen Seppel dör`t Holt un froogt all, de tokieken doot, ob se ok dor sünd. Dor musst du doch bekloppt bi warrn!

Jo, un öber sowat snackt wi dor in use Gruppe. Öber Perspektiven, Alterslosigkeit, Selbstbestimmtheit, Schizophrenie un wat us sünst noch beschäftigen deit. So as bi mi de Schuldgeföhle. Ik hebb Schuldgeföhle. Wegen dat Klima. Wegen de Polen un deren Erwärmung. Wiel ik glööv, dat ik dor an Schuld bün. Ik persönlich. Wiel ik een Deel von den globalen Schadstoffutstoß bün. Kiek mol, Hoor: Polyacryl, Huut: Kunstfaser, Binnen: allens Schuumstoff. De ganze Körper is dör un dör mit FCKW un CO_2. Von Geburt af an Sondermüll! Dat is keen schönet Geföhl. Aver wat schall ik moken? Schall ik freewillig to`n

Recyklinghoff gahn? Mi för den Emissionshandel anbeden? To`n Glück seh ik jo noch ganz lustig ut, sünst harr ik bestimmt al Greenpeace an`nen Hals. Wo blief ik mol, wenn man mi nich mehr bruken deit? Verbrennen kannst mi nich un in`ne Eer draff ik nich. Wenn du mi loswarrn wullt, musst mi inne Sünn leggen. Dor lööS ik mi denn so ganz allmählich up. So ähnlich as dat ok bi de Minschen is. Ik weet nich, ob ji dat schön finnen dään, wenn ji ünvergänglich weern, ik weer lever biologisch afbobor. Ik drööm dor sogoor mitünner nachts von. Denn stell ik mi in mien Droom fröhmorgens anne Straten un tööv up de Kerls von dat duale System. Aver de nehmt mi nich mit. Ik hebb jo keen grönen Punkt! Denn stah ik dor so in mien geelen Sack un kiek Löcker in`nen Himmel. So groot, dat ik de Engel sehn kann. „Jungs wi süht dat ut, ik bün`n Wertstoff, Ik bruuk`n Kenntcken!" Aver keeneen versteiht mi, de sünd doch all blau, also de Engels. So un denn ward mi heter un heter un ik fang an to halluzinieren. Un an End von den Droom, hebb ik in mien Fieberwahn jümmers dat glieke Bild: Dat Bett deelt sik, een Gulli kummt to`n Vörschien un denn swömmt in düssen Gulli Klaus Töpfer vörbi. Use ole Ümweltminister. Mit Neoprenantog. Ji kennt dat villicht noch, wo he dormols in den Rhein ringahn is, üm us to bewiesen wo sauber de is. Un de röppt mi entgegen: „Werner koom rin, dat Water is ganz warm". Ik segg di, dat steekst du nich wech...

Esoterik

Ik hebb jo al vertellt, dat so`n Leven as Popp ok nich eenfach un teemlich frömdbestimmt is, aver dat von jo Minschen is ok nich lichter. Dorüm koomt so veel ok nich mehr dormit kloor un mookt Esoterik. Keen is eegentlich mol up de Idee komen? In meist jede groote Stadt bi us in`n Norden gifft dat ne Messe dorto, in Hamborg heet de „Lebensfreude". Dor köönt ji Levensfreid för gegen Geld köpen. Wat dor allens to Anwendung kümmt, dat glöövst du nich. Dor kann'en Amalganfüllungen dör Handuplegen to Gold moken, Schakren utglieken, Wohnstuben to Besinnungsoasen moken. Ik bün dor mit mien Speler mol ween. Dor harrn wi glieks in'nen tweten Gang twintig Klangschalen up'n Balg liggen un so'ne Hippilady klöppelte dor de ganze Tiet up rüm. Un denn frogte se jümmers, wo sik dat anföhlen dä. Wat schall 'n denn dor seggen? Dat föhlt sik an as wenn jemand up een rumklöppeln deit. Se hett aver meent, wi köönt dat nich föhlen, wiel wi to verstrahlt sünd.

Dat geev dor ok een Auramat. Dor kann 'n Aurabilder von sik moken laten. För 30 Euro. De weer aver twei. Dor weern wohrschienlich de Schakren von de Vörgängers so utgleken, dat de denn Apparat to'n sprengen brocht hebbt. Un all schnackt jümmers von Schwingungen de dor in'n Ruum sünd. Keen Wunner, wenn all ehr Telefon oder Tablet up'n Disch legen hebbt. Aver de Lüüd kööpt dat. Wohrschienlich sünd de so mit denn Rook von düsse Rökerkerzen benebelt, dat de gor nich markt, wecke Levensfreid se steigert. Nich ehre, sünnern de von de, de dat dor verköpen doot. Un wenn de, de dor rümlopen doot tominnst so utsehn, as harrn de Levensfreid. Aver nix! De treckt ne Flunsch, as harrn all Klangschalen vörn Kopp kregen. Ik meen, wieso schall ik Water öber so'n Goldfilter lopen laten, dormit ik mit Engels schnacken kann? Dor drinkt man een Buddel Steenhäger, denn kann'en de Engels sogor sehen!

Botox

Ik bün intwütschen jo soveel ünner Minschen, dat ik meist gor nich mehr genau weet, wat ik egentlich bün, Minsch oder Popp. Dat is gor nich so eenfach utenanner to holen. Wann is een Minsch een Minsch, wann ne Popp ne Popp un wann is een Minsch ne Popp? Un keen is lebendiger? Dat is doch hoch philosophisch. De Minsch besteiht to 92 % ut Water un ik to 90 % ut Polyvenyl. Keen will sik dor rutnehmen to behaupten, de eene is lebendiger as de annere?

Un use Welten verswömmt dat jo ok tonehmend. Kiek doch mol rin in de Wahnstuven. Keen von miene Oortgenossen sitt dor al allens rüm un kiekt jo von Sofa un Regal ut in de Ogen. Bi manche blifft dat ok nich bi dat Sofa, de nehmt us ok noch ganz woanners mit hen... Un manch eene von de Deerns süht ok gor nich mehr ut as Minschen, dat sünd all Püppchen. Wobi dat bi junge Deerns jo noch geiht, bi öllere find ik dat komisch. Mit 50 draff man woll noch mit Barbies spelen, aver nich mehr versöken so uttosehn. De Firma de düsse Poppen herstellt, de weet al, worüm de keene Wesseljohren-Barbies rutgeven deit. Schönheit un de Blick dorvör de dröfft ruhig mitöllern. Worüm hebbt dor soveel Maleschen mit, mit dat Öllern?

Ik verstoh dat överhaupt nich, dat de Minschen anstatt to leven so veel Levenstiet dorför upbringt, dat de annern nich seht, woveel Levenstiet se al upbrocht hebbt. Dat is doch bekloppt. Wat köst dat för unnütze Kraft, de Natur de ganze Tiet in`t Handwark to fuschen? Düsse Botoxeree to`n Bispeel. De Lüüd eet keen Appel wenn de spritzt is, haut sik dat Nervengift aver direkt innen Bregen rin. Wat schall dat? Un all de, de dat mookt, seht doch nich beter ut as vörher. Also vörsichtig utdrückt. Worüm seht wi dat, aver nich de, de dat moken laten hebbt? Dor mutt doch noch`n anneret Mittel binnen ween, een, wat`n rosa Star verursookt. Ik hebb letzte Week inne Pommesbude neben so`n Botoxfro seten. De harr sik dat ganze Gesicht uppoliern loten un ok richtig wat inne Lippen rinhaut. Du, dor hebb ik mi dree Dische wieder sett, wiel ik jümmers dor öber nahdacht hebb, wat woll passeert, wenn de mol mit de Pommesgabel abrutschen deit? Dor will `n doch nich bi ween!

Kinders, de minschliche Körper, de hett doch soveel Bostellen, dor kümmst du doch gor nich gegen an. Un de arbeit doch ok all gegen eenanner an. Dat Gewebe fettet aver de Huut dröögt ut. Un an End holt sik de Erdanziehungskraft allens trüch, wat se irgendwann mol losschickt hett.

Dat is Mist, dat `n de Jugend to eene Tiet kriggt, wo man dor noch nix mit anfangen kann. Aver man is doch eh so jung as man sik föhlt. Also nix för ungoot!

Tätowierungen

Ik hebb güstern mit mien Achtermann Football keken. Dor is mi upfullen, dat intwüschen meist keen von de Spelers mehr so utsüht as he noch bi Muddern up `n Arm ween is. Also von`ne Huut her. Wat hebbt de sik dor von Daag allens up ehrn Körper ruppinseln laten? Bilders, Nomens, Krüzen, Spröök. De seht ut as harrn de all Kriegsbemalung. Bi Seelüüd gehört so een Tätowierung irgendwie dorto, dor is dat jo Berufskluft. Een Fründ von mi, Nagelritz heet de, de hett sik`n Karktoorn an`t linke Been steken laten. De seggt to siene Deerns jümmers: „Wenn du bi de Glocken ankomen deist, hest du Spaaß..." Un bi Footballers hört dat nu ok dorto.

Een de dor all ganz fröh mit anfungen is, is David Beckham. Denn sien Körper süht intwüschen ut as ne Litfaßsüül. De hett sik neben de ganzen Billers ok de Naams von siene veer Kinners tätowieren laten. Woto? Dormit he nich döreenanner kümmt? Un moorns kiekt he denn bi`n Duschen noch mol eben na, wo de noch heten doot, oder wat? Wenn dat Kind Ben heet, geiht dat jo noch, aver bi Kevin-Pascal is al een Arm vull.

Un mol ganz ehrlich, wo is dat denn bi`n Sex? Kann`n sik dor noch up den Körper von den Partner konzentrieren oder schweift man ok al af bi all de Billers un Texte de du dor bi to sehn kriggst?

Ik denk jo jümmers, Tätowierung seht doch bloots bi de goot ut, de ok ohn al goot utseht. Also wenn se jung sünd. Wo dat is, wenn de mol olt sünd weet jo noch keener. Ik meen so`n Rembrandt de ward von Johr to Johr wertvoller, aver ob so`n Dodenkopp ut`n Reeperbahnkeller ok mit 80zig noch Angst und keen Mitleed utlöst, weet ik nich. Ik bün gespannt wo dat för de Pleger inne Altenheime is, wenn de in 20 Johrn de ersten utblickenen Moorsgeweihe afwischen mööt. Ob sik dat use Schöpfer so utdacht hett? Ik weet nich...

Faszien un Co.

Ik bün as Popp jo jümmers interesseert, wat de Minschen so denn ganzen Dag moken doot. In`n Momang schnackt se all von düsse Faszien. Hebbt ji de ok al? Segg mol, hett dat de fröher ok al geven? Wo sünd de ween? Dor hest du nie wat von hört. Aver nu sünd de vör allens mögliche verantwoort- lich. För `n Kopp, Buuk, Fööt un Moors. Dorbi sünd dat bloots ganz dünne Lappen öber de Gelenke. So as de Fadens up`n Kottelett. Un de verkleevt nu ständig, de Faszien. Dat mach de minschliche Lief aver nich. Dorüm musst du inne Volkshoch- school-Kurse gahn un di so Fakirrullen köpen wo du diene Fööt un Nacken mit maltre- tieren schasst. Manch een denkt villicht de sünd för „50 Shades of Grey" för to Huus, aver nee, dat is rein medizinisch. Un wenn du mit dat Entkleven dör büst, mookst an besten glieks wieder mit un leerst noch Pilates, Qi Gong un Tai Chi dorto. Wichtig is natürlich, dat du dorbi ok richtig aten deist. Wiel dat sünst allens nix bringt. Un bi`n Aten kannst sogor reinmoken. Also nich inne Wohnung, ne, bi di in`n Lief. Dorto musst du dien Luftkanaal verengen, dormit dien Aten to ruuschen anfangt. Bloots denn mookt de ok mit de Luft rein. Ohn Ammel, Feidel un Ata. Ujjayi Pranayama, „Der siegreiche Atem" nennt de Fachmann düt Würgen ohn dat jemand todrückt. De Lief bruukt de Enge, dormit de weet, dat „Reinigungsbedarf" besteiht. Du mookst mit dat Aten quasi de Huusdöör open, seggt de Fachmann. Un wiel dat nich bloots boben, sünnern ok ünnen nödig is reintomoken, dor foken jo ok noch nödiger – rullt man de Luft denn so dör denn Lief dör. As liggst du in so`n Hängmatt. So, un je nadem wo dreckig dat bi di is, musst du denn mehr oder weniger aten. Eenswann kann de Aten den Lappen wedder wegleggen un de Kehrweek is vörbi. Ob dat klappt, mutt `n woll glöben. Aver schaden kannt jo ok nich.

Lachjoga

Hör mol, ik mutt al den ganzen Dag lachen. Ik bün güstern bi`n Lachjoga ween. Also hebb tokeken. Mit mien Achtermann tosamen. Dat is to un to lustig wat de Minschen allens mookt, dormit se den Dag rümkriegen doot. Ik glööv, de, de dor weern, gaht all to`n Lachen in`n Keller un mookt anschließend Lachjoga in den Stadtpark, üm sik dor wedder rut to holen. Bi us in Hamborg gifft dat ne faste Gruppe, de dreept sik eenmol de Week up de groote Wisch. 10 Froons un 3 Keerls sünd dat. Ik weet dat so genau, wiel wi us mit 15 Lüüd jedet mol ne halbe Stünnen vörher dreept, üm us dat Schauspeel von`n Gebüsch ut antokieken. Un ik segg jo, wi hebbt mehr to Lachen, as de, de dor mitmoken doot. Dat is beeerecrnst wat dor afgeiht. Wle kann man denn up Komando lachen, wenn nich mol eener een Witz vertellen deit oder wat annert beklopptet mookt? Also bekloppt is dat, wat se dor anstellen doot, aver unfreewillig komisch. Obwohl se dat freewillig mookt. Denk ik tominnst. Ik hebb jedenfalls noch nich sehn, dat de von ehre Therapeuten henbrocht ward. Un up de Autos mit de se koomt, steiht ok nix von irgendeen Heim up... „Ho, Ho, Haha, ho ho haha" kloppt se sik all up ehr Zwerchfell rüm un wunnert sik, dat dat nich lustig is. Mutt dat angeblich ok nich, dat reckt för den Lief, wenn man sik vörstellen deit, dat dat lustig is. Seggt jedenfalls de Anlacherin, de dat ganze veranstalten deit. Un dormit dat richtig klappt mit dat Lachen, musst du aten. Also wenn du nich lachen deist natürlich ok, sünst hest na ne Tiet gor nix mehr to Lachen. Nee, dat geiht üm dat richtige Aten. Nich flach, sünnern richtig dörn Buuk. Dat is doch Quatsch, wenn du richtig an`n Högen büst, blifft di doch de Aten weg. Dat is doch jüst dat lustige. Erst hebbt se sik vörstellt, se harrn ne scharpe Peperoni eten un müssen dat denn pantomimisch dorstellen. Un dorno sünd se all as Swien dörenanner lopen un müssen grunzen as so`n Keiler uppe Brunft. Dor is mi de Aten wegbleven...

Keih Kuscheln

Ik hebb jo al veel hört wat dat allens gifft. Aver eben müss ik lachen. Een Fründ hett vertellt, he geiht öbermorgen to`n Kuscheln. Och dach ik, de plant dat aver lang in Vörrut. Aver denn hett he seggt, he mookt dat nich mit siene Fro, sünnnern mit ne Koh. Oha schööt mi dat in`nen Kopp, vertell dat man nich so luut....! Aver denn hett he meent, dat draff man, dat wörr ganz offiziell. He mookt dat ok nich in`n Bett, sünnern in`nen Stall. „Kühe Kuschel" gifft dat jetzt woll fokener. As Wellness-Maßnahme. He mookt dat inne Lüneburger Heide. Un siene Koh heet Marlies. Dat weet he al. Also wat de Minschen allens mookt, üm dör`t Leven to komen, dat wunnert een denn doch. Siene Gerda lett em nich mehr ran, aver bi Marlies fummelt he an ehrn Euter rum. Dat mach`n sik gor nich vörstellen. Inne Slaapkamer hangt se sik bi`n Sex up un pietscht sik ut, un to`n Kuscheln geiht dat denn in`n Kohstall. Wat de Koh dor woll to seggt? Hett de egentlich jemand froogt, ob de dat will? Un wo geiht de denn to`n kuscheln hen?

Man kann dorför sogor `n Gootschien schenken. Keen schall man dat schenken? Wat denkt diene Fro oder dien Kumpel ut`n Kegelclub denn, wat du di dorbi dacht hest, wenn du dat verschenkst? „Sehen sie welche Bedürfnisse eine Kuh hat und genießen Sie die Ruhe beim Wiederkäuen". De meisten kennt nich mol de Bedürfnisse von ehre Partners un nu schüllt noch de von de Keih dortokomen? Un wenn du as Mann mol richtig wat utprobeeren wullt, draffst di ok`n Bullen utsöken. Wowiet dat dor mit anfaten geiht, muss denn woll vör Oort mol utprobeern. Twee Stünnen köst 25 Euro. Tokieken kannst ok. Köst ober 5 Euro extra. Wat dat köst, wenn Marlies ok noch Strapse anhett steiht dor übrigens nich...

Klamotten

Wat antrecken?

Mien Achtermann stünn güstern ne halbe Stünnen vör sien Schrank. De müß na'n Geburstag. Manfred hett fiert. Ganz groot düt mol. Un he wüß nich, wat he antrecken schull. Siene Fro harr em nix rutleggt. De is to Kur na Bad Sachsa. Un nu is he upsmeten. He kennt sik doch mit so wat nich ut. He driggt sien Jack un Büx jo nich ut, wiel de jüst modern sünd, nee, he driggt de, dat he nich freern deit. Ok komisch, nich? De Keerls geevt jo noch foken den Ton an, aver wecken Ton se dorbi dreegt, dat is de doch meist egol. Von witte Socken inne Sandalen wüllt wi nich schnacken un dat man een gestriept Hemd nich mit ne kareerte Büx tosomen deit, hebb ok al eenige spitzkregen, aver wecket Blau mit Gröön noch geiht un wecket de Sau steiht, dat weet de meisten nich! Wiel mien Speler dor woll nich de Eenzige mit is, de dat so geiht, hett wohrschienlich mol een Keerl sik den grauen Antog utdacht. Den aver in alle Schattierungen. Boh, dat is langwielig, dat mag ik gor nich. Dormit seht se doch al gliek ut, un foken is dat eenzig Bunte bi so`n Fier de Teppich up den dat stattfinden deit. Wenn Keerls sik ne persönliche Note geven wüllt, denn versöökt se dat över den Schlips. Obwohl glööv ik, keen Minsch weet, wo de eegentlich för goot is. Dat wörr bestimmt mol ne Serviette un is denn hangen bleven. Keener weet woför de is, ober all markt, wenn de nich passen deit. Un de passt foken nich. Vor all, wenn de Froons nich to Huus sünd. West wo mien Speler dat denn mookt hett? De is infullen, dat he för twee Weken bi Jürgen un Gerda up de goldene Hochtiet ween is. Dor hebbt se Fotos von. Dor kunn he denn kieken, wat he an harr. Aver eenfach is ok dat nich ween, wiel he nich wüss wo dat bi sien Apparat geiht sik de Bilder an to kieken? Denn knipsen deit bi jem blots sien Fro.

Elegant oder leger?

Wiel Mannslüüd mit Farv un Form bi Klamotten nich ümgahn köönt, un to Huus de Froons dorför sorgt, dat sik ehre Keerls nich blameren doot, ward bi Krüüzfohrten abends jümmers noch so`n Zeddel up dat Bett leggt, wo upsteiht, wat man denn nächsten Dag to dregen hett. Also up so`ne richtige Krüüzfohrt, wo`t noch up ankomen deit, wat du an hest. Wo ne Trainingsböx würklich noch för Training is un nich bi`n Eten geiht un de Manchesterböx nich to utbuult ween draff. Un wiel dat so schwor för Mannslüüd to weten is un nich all annern dor ünner lieden mööt, gifft dat düsse Zeddels mit de Kleederordnung. Man mutt weten, Keerls dreegt ehr Kleedung jo nich ut modischen Gründen, ne, de hebbt wat an, dormit se nich freert. Aver eenfach is dat ok mit düsse Zeddels noch nich. Dat mutt`n ok noch toordnen köönen. Düsse ganzen Begrifflichkeiten. Dor mutt`n sik mit Mode utkennen.

Wenn du Böx un Polohemd an hest, büst du „leger". Wenn dor noch ne Jack över kümmt „sportlich leger". Aver noch nich „sportlich elegant". Dorför musst du dat Polohemd uttrecken un dör een Hemd ersetten. Wobi dat nich „abendlich elegant" is, dorto fehlt de Schlips. För „Elegant Casual" bruukst den aver nich. Bi „Casual" kannst sogor de Jack uttrecken. „Smart Casual" is aver al wedder mit Schlips. Nich eenfach, oder? Dat is natürlich allens noch nich „festlich". Dat is erst de Swatte, also de Antog. Egal wo elegant de is. Un „festlich elegant" ward dat, wenn du allens wat de Herrenutstatter to beden hett, antrecken deist. Ob du dat dregen kannst oder nich, fraagt übrigens keeneen. Aver dat is doch dat entscheidende, keen kann wat worüm dregen un keen leggt dat fast? Wenn een Mann dat mol begrepen hett, ännert sik de Bedingungen un he steiht wedder mit de falsche Böx dor. Mode is, wenn de Geschmack `n körtere Levensduur hett as de Klamottens. Dorüm produzeert de Hersteller ok glieks in minnere Qualität, dat keen seggen kann, ik hebb doch noch allens. Oder se mookt dat von anfang an kaputt, so as bi Jeans. De sünd doch mit Löcker düürer as ohn. Ok beschürt, oder? „Ik hebb doch noch allens", seggt natürlich bloots de Keerls, von

Froons kriggst dat nich to hörn. De hebbt jo nie wat antotrecken. De staht för`n Schapp, de is total vull, aver hebbt nix antotrecken. Villicht liggt dat ok dor an, dat se dat gor nich seht. Wenn sik de Stangen dörbegen doot, kiekt de Froons jo up dat blanke Holt von den Schrank un denkt, dor is jo nix. Un denn mööt de los, Inköpen! Oder schall ik seggen, Geschäfte moken? Dat hett mi nülich `ne Bekannte vörrekent. De harr Schoh köfft, de weern von 199 Euro up 99 rünnersett. Dor harr se jo 100 Euro sport. Harr se de Schoh nich köfft, harr se doch bloots 99 Euro sport. Nu harr se also nee Schoh un een Euro mehr in`t Portemonnaie. Dor hett se sik glieks noch`n tweetet von mitnahmen...

Manchesterböx

Ik hebb jüst lest, dat Greenpeace utrekend hett, dat de Dütsche Fro 118 Kleedungsstücke in`n Schapp hett un Keerls 73. Schlüppers un

Socken sünd dor noch gor nich bi. Un de Hälfte dorvon ward gor nich antrocken. Un wegschmeten, wenn dat Beste dor noch nich von af is. Also, so wat! Mutt dat ween, dat man över 100 Klamotten hett? Dat hett dat fröher aver nich geven. Dor harrn Keerls twee Manchesterböxen un de so lang an, bit man de Striepen up`n Oberschenkel nich mehr föhlen kunn. Also uterhuus nich mehr an. In`t Huus natürlich noch länger. Un in`n Goorn dorno noch wieder. Männer harrn een swatten Antog för Konfirmationen, Hochtieden, runde Geburtsdage un Beerdigungen. Un wenn de to eng worrn is, hett Oma achtern an`n Moors `nen Kiel twüschenneiht. Denn güng de noch `n poor Johr. Schoh geev dat, een nich utpacktet förn Sarg, een för Goot, een för Alldaags, Tufeln för to Huus un Sandalen för`n Sommer. Flip-Flops geev dat jo noch nich. Sandalen harrn to de Tiet noch Ledder wo de Töhn weern, wiel de Kerls dat mit dat Nägelsnieden jo meist nich so genau nehmt. Ik geev to, dat weer sicherlich ut modische Sicht nich besünners attraktiv, ökologisch aver sinnvoller, as von Daag. Un wiel dat all so mookt hebbt, hett dat ok keen een stört. De Saken sünd dragen worrn bit se nich mehr güngen. Un ok denn hebbt de Lüüd se noch nich wegschmeten. Mit`n utkookten Schlüpper hebbt se den Disch afwischt un mit Omas Sloggi-Long-Long den Bodden feidelt. Probeer dat mol von Daag, mit düsse Ritzenbenzel-Tangas, den Kökendisch aftowischen! Dor blievt doch alle Krömel leggen...

Dor kann ik mi öber upregen!

Schuum vör't Muul

Ik sitt mit mien Achtermann jüst an een nee`t Programm vör de Bühn. „Schuum vör`t Muul" schall dat heten. Un dorin fraag ik mi, över wat schall, schull, mutt, müss, oder draff ik mi egentlich upregen? Ik mach dat nich mehr hörn, düt ewige Jammern. Bi us freit man sik nich, wenn wat klappt hett, sünnern töövt dor up, wat as neegstet scheef lopen deit.
„Klopp mol lever up Holt!", „Dat dicke Enn kümmt noch!" „Man schall denn Dag nich vör denn Abend loben!" Dat argert mi! Wenn du googln deist, wat de Dütschen an meisten upregen deit, schull man doch denken, dat sünd de veelen Ungerechtigkeiten up düsse Welt. Nee, ganz boben up de Google-List finnst du `ne Ümfroog, wat Autofohrer upreegt. As harrn wi nix wichtigeret! 50 % von de

Autofohrer reegt sik übrigens öber de annern Autofohrer up. Dat is nich överraschend, aver verwunnerlich, denn wenn sik jeder tweete Autofohrer öber de annern argert, müss jo egentlich de annere Tweete schlecht föhrn. Veer von fief glöövt aver, dat se beter föhrt as annere. An düsse Stell müss tominnst de Hälfte in`t Grübeln kamen. De Reknung geiht nich up! Ok de nich, dat meist jeder Föffte an een Autostüer sittende, Radfohrer nich lieden kann. Föhrt de meisten Autofohrer nich ok mol mit`n Rad? Un wat is mit de Footgänger? De reegt sik doch öber beide up. Öber Radfohrer un Autofohrer. Also, wenn se to Foot ünnerwegens sünd. Wenn se in`n Auto sitt, also as sonstige Footgänger, reegt se sik neben den Radfohrer jo ok noch öber sik sülms up. Gemeensam mit de annern Footgänger de nu up`n Rad sitt...

Dor kann ik mi echt öber upregen!

Recht hebben

Ik hebb jo as Popp keen Föhrerschien, aver wenn ik seh, wat de Minschen sik bi'n Autoföhren jümmers upregen doot, bün ik ok froh dor över. Mien Speler de wohnt in eene Straat, de is to eng för twee Autos, aver keene Eenbahnstraat. Dor speelt sik Dramen af, dat gifft dat gornich. Up beide Sieden stoht Autos un nu kümmt von vörn un achtern een un will dor dör. Wo keen hett Vörfohrt? De, de to eerst rinföhrt is? De, de gauer is? De, de dat gröttere Auto hett? Oder de, wo een Kerl an`t Stüür sitt? Dat süht jeder anners. Dorüm föhrt ok beide meist erst mol rin in de Straat. Mol sehn, keen hier gewinnen deit! Un denn staht se dor. Dat Problem weer ruckzuck löst, wenn een von beide trüch setten dee. Deit ober keen, wiel beide denkt, se hebbt Recht. Un denn bölkt se sik achter ehre Windschutzschieben an. Ik hebb extra mol een Kurs to'n Lippenlesen besöcht, dormit mi bi „De mutt doch sehn hebben, dat ik för em dor ween bün?!" „Wörüm föhrt he denn nich dor in de Parklück rin?" Wiel dat keene Parklück is. Dat is de Infohrt von Fro Gerken. De will dor ok rut. Ehr Söhn mutt to`n Hockey. De, de achtern rinföhrt is, kann nu nicht mehr trüch, wiel achter em al de DHL-Fohrer sien Auto afstellt hett un öberall siene Zeddels verdeelt, dat de Pakete bi `n Naber sünd. Nu will ok Doktor Neumann noch rut, de hett Huusbesööke. Dat is för den al ohn de annern Autos schwor noog, dor mit sien dicken SUV rut to kamen, aver nu geiht dat gor nich. De, de von vörn rinföhrt is, is nu doch noch mol kort an öberlegen, ob he nich wegföhrt. Geiht aver nich mehr, wiel al een Saddelslepper an inbögen is. Den sien Navi hett seggt, hier geiht dat gauer. Een von de Fohrers hett al de Polizei ropen. Aver de kummt jo nich in de Straat rin. Intwüschen kreist ok al de ADAC-Hubschrauber un in`t Radio seggt se, dat dat Gebiet wietrümig to ümföhrn is. Nu sitt keen mehr in`t Auto. Fro Gerken hett al denn Hockey-Schläger rutholt un is jüst noch von Doktor Neumann doran hinnert worrn, up de annern Autos los to gahn. All verpasst ehre Termine un veer hebbt eene Anzeige wegen Beleidigung kregen. Un worüm? Wiel se Recht hebbt!

Bi'n Bäcker

Wo ik mi tonehmend upregen kann is bi`n Bäcker. Wenn ik mit mien Poppenspeler ünnerwegens bün, gaht wi dor foken mol eben hen, för den gauen Hunger. Aver so gau geiht dat von Daags gor nich mehr dor. Wiel de so veel Utwahl hebbt un dat mit dat Bestellen so swoor worrn is. Vör allem Sünnabends morgens. Wenn du rinkümmst musst du di eerst mol entsluten, ob du erst bloots kieken deist, oder di glieks anstellst. Wenn du toeerst kieken deist, koomt all de, de na di komen sünd noch vör di ran. Un wenn du nich kieken deist, weest du nich, wecke Brötchen du nehmen schallst, wenn du anne Reeg büst. Wiel, denn erst kieken geiht nich, denn treckt nich blots de, de achter di staht, ne Flunsch, ne ok de Verköpersche hett keene Lust mehr up di. Aver wo schall dat ok gahn. De Brötchen staht ja nie vörn an den Tresen, sünnern jümmers achter de Fro de se inpacken deit. Un de Schilders up de steiht, üm wat för een Brötchen sik dat hannelt, kannst du von diene Siet ut nich lesen. Un denn geiht dat Gestammel los. „Ik harr geern twee von düsse dor." „Von düsse hier?" „Nee, von de dor" „Meent se de Knackfrischen oder dat Herzkornbrötchen?" „Ik weet nich, de dor links" . Aver wat schall man denn dor mit links un rechts anfangen. Mien Links is doch achter de Theke al rechts. Also, wenn de Fro sik to de Brötchen ümdreiht. Un wenn se noch ne Links-Rechts-Schwäche hett, büst du total de Gelackmeierte. Vör de Utsökeree musst du natürlich weten, wo veel du insgesamt hebben wullt, wiel se sünst nich mehr mit de Tüüt kloorkomen deit. Aver wenn du von de Kartüffelbrötchen veer nehmen däst, se de aver nich mehr hebbt, heet dat jo nich, dat du denn ok veer Fitnessbrötschen nehmen deist. Dor musst du doch erst mol to Huus anropen, ob diene Fro de öberhaupt mag. An`t schlimmsten is dat, wenn du mol seggen deist, ik will keene Tüüt, denn koomt se völlig dörenanner. Denn geevt se di toeerst dat Brötchen, so dat du de Finger vull hest un du kannst nich mehr an dien Geld rankomen. Mennigmol sehn ik mi na de Tieden trüg, as dat blots Mohn, Sesam un Normale geev un Brot swatt, grau oder witt weer.

Telekom

„Zur Zeit sind alle Kundenberater im Gespräch". Kennt ji dat? Mien Speler is ümtrocken un hett Arger mit sien Telefon. He hett jo dacht, dat weer ganz eenfach. Router inne ole Wohnung rut un inne nee wedder rin. Weert aver nich. Wiel dor 20 Kabels ut de Wand komen sünd un he nich wüss, wo de hen mööt. Also wenn dat de Liberalisierung von dat Telefonieren mit sik brocht hett, dat wi Maanden von us Leven mit Call-Center Hot Lines verbringen doot, de jümmers bloots seggt: „Dat mutt aver egentlich gahn", denn denk ik, is dat fröher aver beter ween.

Wiel mien Achtermann dat mit de Kabels alleen nich henkregen hett, is`n Techniker komen, de dat anboon schull. Wat hett de seggt, as he fardig ween is?: „Nu müss dat egentlich gahn." Dä dat aver nich. Un denn güng`t los, dat Warteschleifen-Martyrium. Dor musst du jo erst mol `n Handy hebben, üm dor antoropen. Wenn du keen Internet hest, hest du ok keen Telefon. „Voice over IP", keene Ahnung wat dat heten schall. Hett he also

probeert bi de Störungsstell dörtokamen. na
dree Stünnen harr he endlich eenen erwischt,
de denn ok wedder sä: „Dat müss aver egent-
lich gahn" Dä dat aver doch nich. Denn hett de
von'ne Störungsstell dor irgendwat meten.
Aver de Kellerdör weer to, de is dor gor nich
binnen ween. Korte Tiet later sä he denn: „Dat
geiht nich! Dor mutt eener rutkomen. Mondag
in 10 Dagen, twüschen 8 un 18 Uhr." Super! As
de komen is, weer natürlich dat erste wat de
seggen dä: „Dat müss aver egentlich gahn". Dä
dat aver nich. „Mutt ik mol kieken", hett he
denn seggt un güng in'n Keller. Von dor hett
he denn ropen: „Dat geiht nich!" Wat natür-
lich nix neet ween is. „Dor mutt ik noch mol
kieken.", sä he denn un güng rut to'n kieken.
He keem aver gor nich trüch. Ik weet nich,
villicht löppt de jo noch dor buten rüm? Wenn
ji dor een sehn doot, de an Kieken is, dat is
egentlich noch use. Ik meen, dat mutt de
von'ne Telekom doch mol upfallen, dat de
nich mehr dor is. Dat is jo keen Wunner dat de
keene Mitarbeiters mehr hebbt, wenn de all
bloots kieken doot. So, wiel de nich wedder
komen is, müss mien Speler wedder bi de

Störungsstell anropen. Na 10 Dagen is de neegste Techniker komen. Nadem de Beiden klärt hebbt, dat dat egentlich gahn müss, aver nich geiht, hett de Techniker meent, ob bi den Bo von dat Huus villicht de Leitung dörtrennt worrn is? Sien Huus is von 1950, wenn de von`ne Post noch so ole Fälle to bearbeiden hebbt, denn is dat jo een Wunner, dat düsse Techniker al dor is. De wedderrüm hett meent, dor kann he nix moken, dor mutt de Botrupp rutkomen. De wull denn weten, an wecken Verdelerkasten he anschloten is. Wieso weet de dat nich? Wüss de aver würklich nich. Dorüm hett de seggt: „Dor mutt ik noch mol kieken" un güng ok rut to`n Kieken. De keem aver ok nich wedder! Wohrschienlich kiekt he mit den annern tosamen. Also wedder Störungsstell! De sään denn, he müss ümtrecken, Verdelerkasten is vull. Dor is mien Speler aver luut worrn. Ik meen, mutt he sien Huus verköpen, wiel de vonne Post to wenig Verdelerkästen hebbt? Nee, sä de Mann vonne Störungstell, he müss nich würklich ümtrecken, he müss bloots so doon, also dat güng virtuell. Schull aver 14 Daage duern. In

14 Daagen stellt Bofirmen ganze Fertighüser up, dat bruukt de üm em von een Verdelerkasten to`n neegsten to stöpseln? na 14 Daagen güng dat aver jümmers noch nich. Un so güng dat wieder. Techniker keemen un güngen. Irgendwann is mien Achtermann denn de Krogen platzt. Dor hett he den Techniker innen Keller insloten un em per SMS mitdeelt, dat he dor eerst rutkümmt, wenn he up`n Festnetz anropen deit. Poor Minuten later harr he Telefon! So eenfach kann dat ween...

Toiletten

Wat bün ik froh, dat ik as Popp nich na`n Klo hen mutt! Dat schient mi ok jümmers sworer to weern. De EU, de normt doch allens, aver dor wo dat up ankomen deit, üm Becken un Schöttel, dor troot se sik nich ran.

Ik meen, wenn`n nich mehr de Jüngste is, un dat kümmt, denn mutt dat doch meist ok gral weg, so is dat doch bi jo, oder? Dorüm denk ik, mööt doch all dat glieke Interesse hebben, dat man den Ruum, wo man dat henbringen mutt, ok finnen kann. Kann een aver nich, wiel de Architekten dor Bilders ranbackt, wo keen een mehr weet üm keen sik dat dorbi handelt, de dor rin schall. Fröher stünn anne Klodöör „Sie" oder „Er" an un wenn du wüsst hest, keen von beiden du büst, büst du dor ringahn. Vondaag steihst du vör de Döör un denkst: „Jo....? , mach ween...?" Un denn kiekst du, keen dor rin geiht un du denkst: „Jo....? , mach ween...?".

So, un wenn du dien Ruum endlich funnen hest, denn geiht wieder. Denn weest du nich, wo dat Licht angeiht. Is de Schalter binnen? Is de buten? Oder hebbt de womöglich gor keen Schalter mehr? Denn hest du de Anschalt- problematik nich, dorvör aver de mit dat Ut- schalten. Dat harr mien Speler nülichs. De hett dor seten und denn hett de woll von de „allgemeine Sitzungsnorm" afweken. Un dat keem, as dat komen müss: Dat Licht güng ut! He weer aver noch nich fardig. Un wo wiet he weer, wüss he nich. Ja, un nakieken güng jo nich, dat Licht weer jo ut. Denn hett he dor mit siene Arms rümfuchtelt, üm den Sensor in Gang to bringen, aver dat weer natürlich Quatsch, denn de is jo nich över sien Klo, sünnern bi`n Ingang. Dat Licht schall jo angahn, wenn jemand rinkümmt. Denn hett he töövt un töövt. Aver dor keem natürlich keen. So, denn hett he sik mit siene Atrosekneen, ganz vörsichtig na de Döör hen kämpft, un hofft, dat bloots keen komen deit. He harr jo noch de Böx ünnen. Aver dor keem natürlich eener. De hett villicht keken! De wüss doch gor nich wat los is, wiel as de in dat Klo rinkomen is, wör dat Licht doch al vör em an. Un denn stünn mien Achterman dor mit siene Böx inne Kneekelen un de, de rinkomen is kunn de Klocken bit Jericho sehn... Denn is de wiedergahn un mien Mann hett sien Geschäft to end brocht. Aver denn is jümmers noch nich Schluss mit de Probleme von so`n aktuellen Klobesöök. Denn kümmt dat Hannenwaschen. De Sanitärlüüd hebbt doch intwüschen dusend Orten von Waterhahns rutbröcht. To`n Trecken, to`n Dreihen, to`n Schuben, to`n Ruckeln. Nu weer he wedder an`t Wedeln. Dat weer aver keen digitalen

Waterhahn, dat weer'n analogen, een to'n Dreihen. He harr sik aver all de Finger mit Seep inschmeert. Versöök dor mit mol, so'n Hahn mit Riffeln to dreihen. Dat kriggst du nich hen! Müss he wedder up een töven. To 'n Glück keem de Glieke nich noch mol. Wenn de dat 'n beten mit de Prostata hett, kann dat doch ween, dat de noch mol wedder komen mutt. De hett em denn den Hahn updreiht. So, un denn kümmt dat letzte Problem, wat di up Klo erielt. Dat Water wat uppe Hand is, schall jo ok wedder rünner. De Minschheit hett Handys entwickelt de Technik dor binnen hebbt, mit de du up'n Mond flegen kannst, aver keene Handdook-Spender wo bloots een Handdook to Tiet rutkümmt. Du tüsst dor an un denn hest 10 Stück inne Hand. Unangenehm sünd düsse Apparate, wo sik so'n Stoffhanddook in Krink rümdreiht. Wiel jo keen weet, wo foken dat al rümween is. Un de letzte Schrei sünd in'n Momang düsse Dysens. Düsse Griffmulden, wo jümmers glieks Windstärke 10 rutkomen deit. Ik meen woför wascht 'n sik denn de Hannen? Dormit 'n de Viren nich von'ne Hand innen Mund kriegen deit. Bi düsse Dysens hest du aver de Viren von all diene Vörgängers direkt inne Visage binnen, dat mookt doch keen Sinn!

Wiel dat so swoor worrn is mit dat öffentliche Klo, gaht wi nich mehr ohn Katheter ut`n Huus...

Hundeschiet

As Popp bün ik jo froh, dat ik de Minschen nich rüken kann. Mien ständigen Begleiter is nämlich güstern in Hundeschiet pett. Mit mi tosamen. Markt hebbt wi dat aver erst gor nich. Aver de annern! Wi weern nämlich in`n Theater un wiel dor de Heizung anween is, füng dat erst ganz langsam mit den Geruch an, un is denn jümmers duller worrn. An`nen Anfang hett he noch dacht, dat wi dat gor nich sünd. Jüst so as de annern, de üm us rümseten hebbt. Dat weer lustig, as se all so ganz vörsichtig ünner ehre Schoh keken hebbt, ob se dat sünd, de so müffelt. Dorbi hebbt se all

pienlichst up acht, dat dat nümms een mitkriggt. De ersten, de wüssen, dat se `t nich sünd, füngen glieks böös an to kieken. Un irgendwann weer kloor, dat wi dat Epizentrum von den Geruch weern. Dor harrn wi den Salat! Wat harr mien Speler denn dorgegen moken schullt? Weern wi rutgahn harrn all Bescheed wüsst. Un weern wi nich rutgahn, beten later ok. Harr he siene Schoh uttrocken un up Socken wiederkieken schullt? He hett doch so foken wecke mit Löckern an. Un wat is, wenn dat denn noch mehr rüken deit? Dat is doch noch pienlicher. Un wo kümmt de Schoh denn hen? De köönt doch nich eenfach anne Siete stahn. Een lütschen Stock to`n Pulen harr he natürchlich nich mit, un Grassoden geev dat jo ok nich. Un mit de Schoh an den Bühnenrand kratzen güng natürlich nich, wiel denn de Kritikers schrieben doot, „Dat weer aver`n schiet Stück!"
Wieso mookt Katten in`t Blomenbeet, Hunden aver up`n Pattweg? Un wieso köönt Hunden sik up Komando henlegen aver nich dor hen moken wo Herrchen seggt? As dat woll jümmers slimmer worrn is mit den Geruch hett

sien Sittnaver so`n schwatten Büddel ut de Tasch kregen un em um de Föten bastelt. Dor bün ik denn aver rutgahn. Dat weer mi pienlich.

Sommertiet

För us Poppen is Tiet jo nich bedüdend. Wi ward nich öller, bloß dreckiger. Aver bi jo Minschen dreiht sik jo ganz veel dor üm. Ständig hörst, dat de Daage nu wedder länger ward, wiel de Sommer vör de Döör steiht, oder al ganz kört worrn sünd, wiel de Sommer vörbi is. Is he denn aver meist noch gor nich. Wi hebbt doch intwüschen Sommer von Enn März, bit Enn Oktober. So lang is Sommertiet. Mögt ji de? Ik begriep nich wat dat schall. All halbe Johr sünd de Minschen an`n reken, ob de Uhr vör oder trüch stellt ward. Un wo vör? Dormit se abends een Stünn länger buten sitten köönt. Dat kannst du bi us doch sowieso nich. Dat köönt se in München, wiel se dor den ganzen Dag den Fön anlaat, aver bi us in'nen Norden doch nich. Ik froog mi ok jümmers, wo is de Stünn in'ne Sommertiet egentlich? Wat mookt de? Urlaub? Kiek mol, ji sünd denn doch söß Maanden eene Stünn öller as ji dat würklich sünd. Wo ward dor mit Levenstiet ümgahn? Kloor, de Stünn is bloots verleen, aver nich all, de de in März afgeevt, kriggt de in'nen Oktober ok noch wedder. Dat is doch nich fair! Un wenn de Uhr ümstellt ward, gifft dat öberall Chaos. Nehmt wi mol dat Trüchstellen in'nen Oktober. Wat mookt een Busfohrer, wenn he nachts üm twee siene Gäst innen Bus instiegen lett? Seggt he denn üm dree, ji mööt nu all rut, ik mutt trüch up Los? Oder föhrt he de noch na Huus? All'ns nich eenfach!

Ganz slimm is dat, wenn du in'nen Urlaub büst. Also wlet weg. Dor dreiht se foken so veel anne Uhr, dat du afdreihst. Ik hebb jo al vertellt, dat wi foken up Krüzfohrt sünd. Eenmol weern wi in'ne Südsee, up'e Salmonellen, dor weer dat ganz schlimm. Dor güng dat so wiet, dat wi up eenmol een Dag mehr harrn. De 16. März, de weer duppelt!

Angeevlich, wiel wi de Datumsgrenze öberföhrt harrn. Aver dat harrn wi doch sehn. Dor weer keene Grenze. Dor wull ok keen usen Pass sehn. Nee, dat hebbt de mookt üm een Reisedag mehr to verköpen. De sünd doch plietsch. Dat hebbt de ok ganz geschickt infädelt. De hebbt us so`n Zeddel up dat Bett leggt, wo se dat verkloort hebbt, mit de Datumsgrenze un den Äquator. Dor is mol een in Frankfurt losflogen, Richtung Westen, to`n Äquator, de weer twee Daage ünnerwegens un is een Dag eher trüch komen as he losflogen is. Also wenn dat geiht, denn mööt ji jo all so`ne Veelflegerkoort tolegen un veer Weken in Richtung Westen flegen, denn bruukt ji keen Botox mehr.

Marken kann een sik dat mit de Uhr übrigens anhand von de Goornmöbel. De stellt ji in`t Vörjohr vör den Schuppen, jüst so de Uhr. In Harvst stellt ji Möbel un Uhr trüch. Dumm is, wenn ji de dat ganze Johr buten stahn laat. Denn mööt ji mol bi`n Naver kieken...

Junggesellenabschied

För mi as Popp is dat al swoor to verstahn worüm de Minschen sik verheiraden doot. Wieso se sik aver, bevör se in den Ehehaven inloopt, noch mit blanken Moors un Hasenkostüm över de Reeperbahn schicken laat, begriep ik gor nich mehr. Wat schall dat, düsse Jungesellenafschiede? Dat kannst du nich mol mehr mit de Genfer Konventionen verkloren, wat dor afgeiht. Un denn sünd dat ok noch de sogeseggten Frünnen, de sik dat utdenkt. Up socke Frünnen, kannst aver echt verzichten. Utholen köönt se dat all blots in`en besopenen Kopp. Dorüm sünd se meist ok all so duun, dat se sik achteran an nix erinnern köönt. Un dormit dat gau von statten geiht, is Vörglöhn dat Ah un Oh, bi düsse Afschiede.
Up so`n Jungesellen Websieden hebb ik mol leest, dat de, de achterran lostreckt, to Huus noch Monopoly speelt. Dor hebbt se de Straten denn aver keen Geld- sünnern een bestimmten Alkoholwert toordnet. Un je beter de Straten, um so höger is de Promille von dat Getränk wat se supen mööt. Du, dor kann de

Schloßallee aver gau to ne Mietfalle warrn. Besünners denn, wenn se sik up düsse Websiet noch den Schluck Pussywunner bestellt hebbt. Un wat de bi de Bedeligten anrichten deit, dat kann denn an neegsten Dag jeder up Facebook sehn. Mol ganz ehrlich, mööt Ehelüüd sik an`nen Vördag von ehrn schönsten Dag in Leven noch erst den slimmsten Dag geven? Oder markt de sünst gor nich, dat dat de schönste is? Wenn du mi froogst, is dat wat dorno kümmt, de Ehe, doch al slimm noog. Aver dat kriggt de sogeseggten Frünnen denn jo nich mehr mit.

Eten un Drinken

Fingerfood

För mi as Popp is dat mit dat Eten jo nich so eenfach, aver güstern hebb ik dacht, för de Minschen is dat ok nicht ümmer licht. Dor weern mien Speler un ik up`n Empfang. Sien Elektriker harr Jubiläum. Un de wull mol ganz wat modernes moken. De harr düssen Fingerfood Schnicknack. Flying Fingerfoot sogor! Also nich Eten up Rööd, ne Eten up Tabletts. Eerst musst di stünnenlang Reden anhörn un wenn du denn so richtig Smacht hest, kriggst nix. Reden harrn se bi düt Jubiläum ok Masse. Wi heet dat so schön, een gootet Pils bruukt söben Minuten un eene gode Rede nich mehr as twölf Minuten. Dat heet aver nich, dat du bi fief Redners fief mol twölf Minuten hest. „Eegentlich hebbt miene Vörredners jo al allens seggt..." Jo, denn Fresse holen un dat Buffet op moken! Aver nix, de Vörredners hebbt dat jo seggt, nich he, dorüm mutt he dat ok noch moken. Un wenn de Redners nix to vertellen hebbt, denn fangt se an de Geschichte von`ne Firma mit de von`ne Welt to verglieken. De Mondlandung mit een Boiler un de Mielewaschmaschine 1600 mit de Störmfloot 1962 in Hamborg. „Ik hebb dor mol`n beten in`n Internet keken...", dat hett in`n Brockhuus fröher keener mookt.

Tja, un achterran gifft`t Fingerfood. Keen hett sik dat egentlich utdacht? De hett ok Lust an`n Quälen hatt, glööv ik. De ganze Tiet kriggt se all bloots so lütsche Appetitanreger un wenn se up`n Gesmack komen sünd, is dat Tablett wedder weg. Un Vöräte anleggen dröfft se nich, wiel jo nümms een Teller verdeelt. Bloots ne Serviette. Aver dor kannst jo nix ruppacken. Wat süht dat jümmers slimm ut, wenn denn all so breetbeenig staht, den Kopp na vörn, dormit de Remulade nich up`n Slipps sünnern up`n Bodden plattert. Keen schall dor denn von satt warrn? Un wat de sick intwüschen allns infallen laat. Suppen in`nen Reagenz-, Pudding in`nen Snapsglas, de Brote hebbt se so hoch belegt, dat se de gifft nich bloots nich in`nen Mund, sünnern erst gor nich up de Serviette kriggst, un allens wat sik bögen lett is upwickelt un hett Picksers dorbinnen. Wenn man de nich mit rünner slucken will, wat de Doktor ok woll nich raden deit, denn mööt se all wedder up de Kellners un dat Tablett töven, üm de Stöcke aftogeven.

Ik segg jo dat: Nehmt to so`n Empfang ne Schiev Brot von to Huus mit, man weet doch nie, wat se sik noch allens to`n Eten utdenkt!

Eten up Krüzfohrt

Ik bün jo mit mien Speler af un to up Krüzfohrten un nu weern wi uppe MS Europa. Boh, dat weer aver chic! Dor hett sik eeniget doon in de letzten 500 Johren up den Krüzfohrtsektor. Dat sünd schöne Scheep vondaag un Skorbut gifft dat ok nich mehr. Up de Europa geev dat denn ganzen Dag wat to eten. De harrn 24 Stünnen Nohrungstofuhr. Wenn dor mol 10 Minuten nix keem, hebbt all dacht, „Oh sünd Piraten an Bord? Ik eet noch mol beter wat". De Magen is mit Verdauen gor nich mehr achteran komen. Aver dat is ok`n Aventüür dor to eten. Un dat Restaurant, de Speelplatz dorto. Du kümmst rin un de ganze Disch steiht vull. Ok ohn Eten al. Dor kriggst erst mol Angst. Koom ik dor mit kloor? Man hett doch mol lehrt, dat man Besteck von binnen na buten to nehmen hett. So, aver wat is, wenn`t in`t Krink liggt? Wenn du gor nich weetst wo dien uphört un dat von dien Gegner anfangen deit? Un dat meiste an Besteck hest du noch nie sehn. Dat is in dien WMF-Utstuer-Kasten gor nich binnen. De Erstfohrers sünd jümmers bloots an kieken, wat de annern so anstellt, dormit se sülms keene Fehlers mookt. Un wenn du nich wieder weest, musst den Kellner frogen.

Musst meist ok nicht wiet för lopen, wiel dor överall wecke rümstaht. Angeblich dormit se di jeden Wunsch von dien Lippen lesen köönt. Aver wiel de dor staht un di nervös mookt, fallt di ok ständig wat von`ne Lippen rünner. Dat gifft dusend Frogen, de Normolsterbliche nich beantworten köönt. Wecken Wien to`n Bispeel? De Froog, wat för een dat ween schall is al mächtig swoor, aver denn ok noch to weten, wo de rin kümmt, also in wecket Glas, dat is doch fast unmöglich. Un anstatt erst to frogen un denn dat Glas to bringen, stellt se all Gläser de se hebbt up`n Disch un wenn du seggst du drinks gor keen Wien, rüümt se de all wedder weg. Denn hest du erst mol tein Minuten Unroh up`n Disch. Un koom bloots nich up de Idee Water to drinken. Dat drafts du in Edelrestaurants nie moken! Wiel düt Waterglas, dat hett son`n imaginären Eekstreek, wenn du den ünnerlopen deist, füllt de Kellner jümmers no. Egol ob du dat mit de Prostata hest oder nich. Un up son Scheep, de Klos, de funktioniert mit Vakuum, wenn du dor in Düstern mol locker hangen löttst, un utversehns drücken deist, kann dat schlimme Folgen hebben... Noch een Froog is, wat man egentlich mit Servietten moken deit, wenn man mol rut mutt, also dat Eten ünnerbreken deit. Wo kümmt de hen? Vör allem, wenn du dor al mit de Soße an to Gang ween büst. Up`n Disch legen geiht nich, denn denkt de Kellner du bist fardig un rüümt af. Öber`n Stohl hangen is ok nich schön, wenn de Soßen-Placken denn all ankieken doot. Wat mookt mien Achtermann denn? De nimmt de Serviette mit na`n Klo hen. Aver denn hett he de dor un weet nich wo mit hen. Dat sünd doch ok so riesen Dinger. Is doch so, je beter dat Restaurant, desto grötter sünd de Teller, up de liggt nix up oder is ünner een Lorbeerblatt versteekt un de Servietten sünd groot as Badelaken.

Un denn düsse Spieskoort de se dor hebbt. De klingt as ne Vörankündigung för een klassischet Konzert. Dor staht Saken up, de hest du in dien ganzet Leven noch nich eten. Tominst nich ünner den Naam de dor steiht. Allens is adelig oder hett an irgendwat legen. Jo, wat denn nu, is dat oder hett dat dor bloots legen? Un wenn du di mol öbersetten deist, wat dat dor gifft, denn hest du Probleme, de du sünst ok nich kennst. Een Abend harrn se dor „Die Essenz von einer Bauernente". Wat is dat denn, dat Wesentliche von so`ne Aant? Is dat de Bost oder de Küül? Un von wat för een Buurn snackt wi hier denn? Weer dat`n Bio-Buur? Een „Nebenerwerbslandwirt"? Dat is doch nich egol för so ne Aant. Oder anneret Bispeel: Wat denkt `n Malermeister, wenn he gebeizten Lachs bestellt? Dat dor `n „Frisch Streken"-Schild up`n Teller liggt? An`nen letzten Dag geev dat „Hausgemachte Radiatoren an klassischen Garnituren" Öbersett di dat mol! De hebbt ole Polstermöbel un Heizkörper freten! Un wat weert? Gemüse mit Nudel. Wieso seggt de dat denn nich?

Fondue

Ik kiek de Minschen jo geern up dat Muul. Ok dor up, wat dor rinkomen deit. Un vör allem wat ji allens mookt dormit dat dor rinkümmt. Güstern weer mien Speler bi sien Arbeitskollegen to`n Fondue. Dat is jo ok ne lustige Aktion, wat ji jo dor utdacht hebbt. De, de dor up komen is, mutt een ween sien, de al lang keen Hunger mehr hatt hett. Bi`n Buffet, dor haut se sik all de Tellers vull, as geev dat keen Morgen mehr, aver bi`n Fondue, dor hört dat Rationieren to`n Spaaß dorto. Jeder kriggt so`n korten Spieß in`ne Hand un kloppt sik mit de Annern an`n Disch üm lütsche Fleeschstücken, de nie fardig ward, wiel de Keerls de ganze Tiet mit de Brennpaste an fummeln sünd un de ständig utgeiht. Un wenn du di rutnehmen deist, glieks mehrere Stücken Fleesch up een Spieß to packen, hest du Spießrutenlopen. De Meisten sünd, kort bevör dat Fleesch fardig is al satt, wiel se so veel von dat Kaviarbrot eten hebbt, dat se nich mehr köönt. Un allens wat se eten wüllt steiht nich dor wo se dat bruukt, neben ehre Teller. Nee, ständig sünd se all an ropen: „Kannst mi mol kort eben de Gurken geven". Oder de Mixpickles. Dat sünd düsse Mischungen wo de gelen Dannenböme inliegen doot. De hebbt se glööv ik extra vör Fondue erfunden. Oder Raclette, dat is de groote Broder von dat Fondue.

De Abend von mien Speler hett aver noch een lustiget Ende nahmen wiel sien Arbeitskolleeg üm Teihn dat heete Fett in`t Klo goten hett. Un denn keem Karl-Heinz, de Naber un de hett sik mol anwend, wenn de wat wechbringen deit, mookt de`n Rietsticken an. De harr dorno, nich bloots `n roden Kopp... Also passt up bi`n Fondue!

Neemoodsche Kaffeemaschien

Ik bün jo stets gewillt to verstohn, wat de Minschen so allens moken doot. Aver wat de siet eenige Tiet förn Hallas mit ehrn Kaffee mookt, dat mookt mi fardig. Ik hebb vör körten mit mien Speler, also mit denn Mann de bi mi binnen stecken deit, diskuteert, ob Kaffee waakmookt oder nich. Ik segg, de mookt waak, tominnst wenn de mit so'n neemoodschen Vullautomaten upsett worrn is. Aver nich erst bi'n drinken, nee bi'n Moken. Chrrrrrrrrr! Dat is doch nich wohr. Wat stellt sik de Minschen dor för Höllenaparate in de Köken rin? Wat wörr dat fröher schön, wenn de Keerls nomeddags up'n Sofa 'n beten Ogenplege mookt hebbt un Mudder hett inne Köök Kaffee upsett. Denn hett de Kaffee de Nees ümgarnt un de Lüüd sünd so ganz langsam upwaakt. Un vondaag: Chrrrrrrr!

Un wat sünd dat för riesen Deele. Architekten plant inne Köken al twee Quadratmeter mehr in, bloots dormit de Maschien dor rin passt. De Apparate ward jümmers grötter, aver de Menge Kaffee de ünnen rutkomen deit, jümmers lütscher. Also wenn wat rutkümmt. Bi mien Achtermann kümmt jo meist nix. Denn sünd de Pads all, denn mutt he reinigen oder entkalken. Denn mutt he erst mol twölf Reinigungszyklen dörlopen, dormit öberhaupt wedder wat Brunes ünnen rutkomen deit.

Wenn du erst mol up`n Herd `nen Kaffee upsett`n mußt, üm de Tiet to överbrücken, üm mit de Maschien een to drinken, denn stimmt ok wat nich. Un denn jede Tasse eenkelt. Nülichs harr he Geburtsdag. Dor harr he to dree inlad, aver de Letzte harr sien ersten Kaffee erst üm söß. He seggt jümmers, denn is de Kaffee so frisch. Jo, aver de Koken, de is denn al olt.

Use Ümwelt

Weder

Wat is egentlich mit us Weder los? Wat mookt Petrus dor? Hett de een *Burn out*, oder hett de dat an sien Söhn afgeven un de öövt noch? Ik hebb dat Geföhl, wi hebbt doch siet ewige Tieden al Öbergangsweder. Jümmers bloots Öbergangsweder. De ganze Garderobe hangt vull mit Jacken, all Öbergangsjacken. Un in jede Jacke is tosätzlich noch`n extra Fell to`n rutnehmen binnen, wenn ünnerwegs noch`n Öbergang dorto kümmt. Fröher hebbt Öllern Winterjacken in Sommer in`n Keller hungen, dat kennt Kinner vondaag gor nich mehr. Johrestieden heff ik dat Geföhl, gifft dat gor nich mehr. Winter fallt doch de letzten Johrn meist ut bi us. Un wenn wi mol dree Daag fief Grad ünner Null hebbt, denn mookt de ARD dor een Brennpunkt to un schnackt von Winterchaos. Wo mookt de Skandinavier dat denn? Wenn de jümmers bi fief Grad ünner Null de School utfallen loot, denn hebbt de dor bloots noch Analphabeten. Aver bi us geiht denn nix mehr. De Töög föhrt nich, de Autobahnen sünd dicht und na dree Daag hett de Stadt keen Streugoot mehr. Also ik bruuk dat nich.

Veele seggt jo, dat wi harte Winter hebben mööt, dormit wi innen Sommer keen Ungeziefer hebbt. Dat is doch ok Quatsch. Ik meen, wenn du vörn Huus up'n Pattweg bi Glatties hinfallen deist, un du liggst in so'n Kernspinntomographen wiel diene Hüfte in Moors is, denn seggst du bestimmt nich to dien Doktor: Och, mookt nix, denn hebb ick tominnst in Sommer keene Müggen. Also dor loot ik mi denn doch lever steken.

Mülltrennen

Dat dat mit dat Weder nich mehr so to ween schient as fröher, hangt woll ok mit dat Klima tosamen. De een oder andere seggt jo, dat is mi doch egal, ob de Meerespegel stiegen deit, ik wohn doch nich an`t Meer. Un för de is`t wichtiger, dat dat Klima in`t Auto funktioneert as buten. Dat is aver to eenfach dacht. Dorüm mook ik mi dor Gedanken üm, denn alleen von`t Mülltrennen kannst du de Welt nich retten.

Ik as Popp mook jo egenlich keen Müll. Mien Achtermann dorför aver üm so mehr. Dormit he dorbi aver keen schlechtet Geweten kriggt, sorteert he denn dorno aver upwendig. Mol ehrlich, dat is doch ok modernen Ablasshandel, wat dor mit den Müll passeert, oder? Anstatt dorüver natodenken wo man Müll vermeiden kann, denkt de Lüüd bloots noch dorüver na, wo se den an besten henpacken köönt. Manche Minschen wohnt gor nich mehr in ehre Wohnungen, üm mehr Platz för dat Sortieren to hebben. Fröher hebbt Keerls tweemol de Week denn Müll rünner brocht, denn harrn de Roh to Huus. Von Daag mööt de Müllfachwesen stodeern, üm bi dat ganze Sorteern nich dörenanner to komen. Un se mööt sik Müll-Apps rünnerladen üm de Affuhrn to organiseern. Wenn mien Achtermann een Breef mit Kunststofffinster kriggt, denn hett de Panik inne Ogen, wiel he nich weet, wo de henkümmt. Draff de so in`t Altpappier, oder ruineert he denn sien Enkelkind de Tokunft? So`n Joghurtbeker de will wedder boren warrn, dat weet he. Ok, dat de Beker sik dorför waschen mutt, dat weet he ok. Aver reckt ne Kattenwäsche? Oder mutt de duschen? Un draff de dorbi siene Kapp upbeholen oder mutt he de afnehmen? Dat is nich licht dor noch dör to finnen. Millionen von Minschen kümmert sik Week för Week üm de Blomen in ehrn Vörgoorn, aver dat süht keen mehr, wiel dor veer Tunnen för stoht. Wenn du bi Gewitterluft anne Biotunn vörbi geihst, denn kannst du woll kuum glöben, dat dat een Weertstoff is, oder? Wenn ji bi`n Köpen all denken dän, dat dat wat ji dor inne Hand hoolt ok wedder weg mutt, harrn ji, glööv ik, veel weniger Affall.

Windkraftrööd

Güstern hebbt wi in Husum speelt. Dor is mi mol wedder upfullen, wo veel Windkraftrööd dat al gifft. Wat ik mi nu aver froog is, wo veel mehr köönt dat noch warrn? Oder sünd dat ok irgendwann to veel? Ik meen nich optisch, sünnern technisch. Kümmt dat denn villicht so wiet, dat Husum nich mehr dor is, wiel de Windkraftrööd soveel Wind mookt, dat sik de Stadt in Luft uplöst? Oder wat is, wenn de Windtog von de Dinger so groot is, dat de all to glieke Tiet ümfallt? Bumms, dor liggt de! Bringt dat de Eerd ut`te Ümloopbahn? Man seggt doch, wenn all Chinesen gliektietig loslopen doot, denn liggt Pinnbarg in Hamborg. Un dat wüllt se dor doch nich.

Aver de Masten wüllt veele jo ok nich. Tominnst bi sik vör`t Huus. Denn mookt se ne Bürgerinitiative de seggt, dat dat nich geiht, dat dat dor hen kümmt, un een Gootachten schüfft den Apparat fief Kilometer wieder weg. Aver dor gifft dat ok wedder weeke de dat nich wüllt. Un de mookt ok een Gootachten un schuuvt wieder. Un wenn se denn een Platz funnen hebbt, wo sik keen över upregen deit, denn kümmt de Naturfrünnen un seggt, dat geiht nich, wiel dor een Lurch hervorlugt.

So, un mit de Windkraftrööd is de Wind aver noch nich inne Steekdoos, de mutt jo noch transporteert warrn. Un de Trassen dorför will ok keener hebben. Wie schall de Strom denn aver von Nord na Süd komen? In`n Fatt packen un up`n LKW geiht doch nicht. Nu wüllt se de Trassen ünner de Eerd leggen, aver keen buddelt denn so groote Löcker üm de Masten dor to vergroben... Ik weet nich!

Energiesporlampen

Güstern sünd wi in`n Bomarkt ween. Wi müßen ne Birne för de Bühn hebben. Also för use Lampen. Seggt de Verköpersche: „Wat?", seggt mien Achtermann: „40", seggt se: „Hebbt wi nich. Wi hebbt bloots noch E-Watt.", seggt he: „Wat?". „7, 11, oder 15?" Nu deel 40 mol so, dat du up 7, 11 oder 15 kümmst, dat geiht doch gor nich. Un denn wull se von em weten: „Wat för ne Temperatur?" „Von Morgen 37 Grad, hett he seggt. Wenn dat nich reckt, denn mutt ik noch mol meten".

Oh, düsse Energiesporlampen de mookt di ok fardig. Wenn du dormit abends in`t Bett noch ne Stünn lesen wullt, denn musst du de nameddags üm dree al anmoken. Wo is dor denn de Energieerspornis bi? An wenigsten Strom verbruukt de jo, wenn man de utmookt. Dat hebbt de Froons meist noch nich begrepen. De hebbt nämlich ne „Schalterphobie". Also de meisten tominnst. De sitt mit`n Tallichlicht in ne Stuuv, aver de Rest von ehre Wohnung is hell, as schullen de Astronauten von de ISS sehn, wo bi de, de Köök is. Un wo för? Wiel se dat so geern hebbt, wenn se in een Zimmer ringaht un dor al Licht an is. Ik denk jümmers, wat glöövt de denn, worüm de Architekten den Schalter direkt achter de Döör anbringen doot? Dormit man dat Licht an- oder utmoken kann, wenn du in dat Zimmer rin- oder rutgeihst. Aver dat Licht in dat

Zimmer, dat bruukt se egentlich jo bloots, dormit se de ganzen Lichterketten finnen doot, de se dor överall uphungen hebbt. Un Tallilchichter inne Stuv mookt se jo ok nich bloots een an, nee, jümmers glieks dat ganze Paket mit föfftig Stück von Ikea. Un teihn Minuten na dat anmoken fallt de Flegen doot von`ne Deken, wiel kört överhalb von dat Sofa subtropische Temperaturen herrschen doot. So jemand de Sinnhaftigkeit von Energiersporlampen to verkloren – dat kannst denn aver ganz vergeten.

Leven

Tiet

„Wat de Tiet doch vergeiht!" Dat is ok son Spruch, den du af een gewisset Öller ständig hören deist, oder? Un dat de schiens jümmers knapper ward de Tiet. Dat hörst ok anduernd. Egentlich komisch, de Minschen sünd gauer ünnerwegens, mookt dorbi noch dusend Saken, mööt nich mehr no`n Weg frogen, hebbt weltwiet den meisten Urlaub, aver nie Tiet. Wo blifft de? Hortet de jemand? De Tiet bestimmt tonehmend dat Leven. Aver dat hett dat al jümmers geven. So`n Dag is noch nie länger as 24 Stünnen ween. Aver vondaag fallt us dat mehr up. Dorüm hett man dat Geföhl, allens dreiht sik bloots noch üm de Tiet. Üm de, de wi noch hebbt, un üm de, de wi all verbruukt hebbt. Un de kann een jo ok ganz ünnerschedlich wohrnehmen. As echte Tiet oder ok as geföhlte Tiet. So köönt ut een Stünn Töven geföhlt dree warrn un wenn du wat to erledigen hest, ok bloots `n poor Minuten. Dat komische dorbi is, wenn du Langewiele hest, vergeiht de Tiet öberhaupt nich, wenn du di düsse Langewiele an`n nächsten Dag aver noch mol dör`n Kopp gahn löttst, is de ruck zuck rüm ween. Dat liggt dor an, dat de Bregen, wenn de wat beleevt hett, Tiet bruukt, üm dat in Tiet ümtowandeln. Un dat bruukt Tiet. Wenn de Bregen dorgegen nix beleevt hett, blifft bloots heete Luft över.

Dat gemeenste anne Tiet is natürlich, dat de nich bloots gauer vergeiht, sünnern, dat se dorbi ok noch Sporen bi achterlett. Dat wüllt de meisten nich wohrhebben, seht aver alle annern. Un wenn de verbliebende Levenstiet körter is, as de, de al verbruukt is, denn snackt de Minschen meist fokener von Fröher as von Demnächst. Dorüm is af een gewisset Öller ok ständig Wiehnachten. Un wiel de Kopp geern allens verkloort, weer fröher natürlich allens beter. Weert aver nich, dat weer bloots fröher. Un ob de

Tiet all Wunden heelt glööv ik ok nich. Den een oder annern mookt se ok wund, hett`n dat Geföhl.
Ik wünsch jo ne gode Tiet!

Wat is Glück?

Wat is Glück? Weet ji dat? För mi as Popp is dat, wenn ik jo to`n Lachen bring. Un för jo? Is nich eenfach to seggen, oder? Up eene Skala von een bit tein, gifft de Dütsche siene Glücklichkeit mit söben an. Dat hett mol`n Studie von`ne Post rutfunnen. Froogt hebbt se schienbor aver nich annen Schalter bi`n Paket afgeven, sünst weer dor bestimmt keene söben bi rutkamen. Un ok sünst kann ik mi dat kuum vörstellen. Ik drecp ständig wecke, de höchstens bit dree koomt. Oder wüssen de nich wat se antern schüllen? Keen weet al wann he glücklich is? Veele kennt Glück doch bloots ut`n Keks von`n Chinesen. Dat Glück sitt angeevlich inne linke vördere Hirnhälfte. Wat verkloren dä, dat rechtsdenkende Minschen nich glücklich warrn köönt! Wat för'n unromatische Platz, linke Hirnhälfte! Linke Hartkamer oder Seele, aver Bregen? Wat is denn, wenn du ne Links-Rechts-Schwäche hest? Un wieso sünd Naive denn glücklicher? Steiht de de Bregen nich in Weg? Glücksforscher seggt, man is an glücklichsten, wenn man in`t „Hier un Jetzt" leven deit un soziale Kontakte pleegt. Aver dat köönt doch veele gor nich. Kinner un Verleevte de köönt „Hier un Jetzt" ganz goot. Aver dat is bi Verleevte ok'n smalen Grat. Denn dat „Hier" steiht jo foken in Wolkenkuckucksheim. Un wenn de denn von ehrn rosaroden „Hier un Jetzt" upwaken doot is al wedder allens „Dor un güstern". „Hier un Jetzt" is swoor. Wi beschäftigt us so veel mit Vergangenheit un Tokunft, dat för Gegenwart gor keen Tiet mehr blifft. De Dalai Lama hett mol seggt, wi leevt, as wörrn wi nie starven un wenn wi starvt, hebbt wi nie leevt. Leven geiht bloots inne Gegenwart. Dorüm mööt wi düssen Momang nu geneten. Un dat mookt mi glücklich. Dat ji düssen Moment mit mi deelen doot un dat hier leest.

Dat Paradies

Ik as Popp bün jo nie in een Paradies ween. Ji aver, ji Minschen. Ik weet, dat is al lang her un de meisten köönt sik dor ok nich mehr an besinnen. Wat ik mi aver froog is, wat dor scheef lopen is bi de Verdriebung ut dat Paradies. Wiel ji jo so swoor doot mit dat Leven. Weer de Appel spritzt, denn Eva Adam ünnerjubelt hett? Un hett de nich egentlich an een Erkenntnisboom hungen? Wo sünd denn de Erkenntnisse bleven? Dat kann doch nich allens mit de Schaam tosamen hangen, de dat mit de Erkenntnis geven hett. Düsse Erntedag an`n Appelboom, dat mutt een ganz unglücklichen ween hebben, dormols in`t Paradies. Wohrschienlich hebbt se al to lang inne Sünn legen, so dat keen mehr Herr von siene Gedanken ween is. Adam hett slapen, de Slang schienboor dat falsche Obst rutgeven un Eva harr keen Lust mehr noch länger mit Adam aftohangen. Dat weer jo allens nich so schlimm ween, wenn tominnst Gott wüsst harr, wat Erkenntnis is. Sien Erkenntnisboom hett aver woll de Boomschool schwänzt, schient mi. Un he kann doch nich ernsthaft glöven, dat wenn he seggt, ji dröfft dor nich rangahn an düssen Boom, dat de dat ok nicht mookt. Dat is doch so as bi een Frisch-Streken-Schild. Dor pack`n doch ok erst an, wenn man weet dat de Farv frisch is. Sünst lohnt sik dat doch gor nich. Dat mookt denn doch keen Spaß.

Un ji mööt dat nu utboden. Wiel rückgängig moken kannst dat nich. Dat Paradies is wech un gifft nich trüch. Wo dat woll von Dag utsehen dä, dat Paradies? Harrn se dor Palmen un warmet Water? Weer`n de Minschen dor nakelt? Ik glööv nich. Ik weer mol an een FKK Strand. Dor weer`t nich paradiesisch. Dat süht nich goot ut, wenn de Erdanziehungskraft al an wirken is un de Lüüd ohn wat an Volleyball speelt! Oder noch slimmer, ole Keerls grillt nackt un du weest nich, wecke Wust up`n Grill du anpacken dröffst un wecke nich. Villicht hett Adam gor nich rinbeten in den Appel, so dat dat gor keene Erkenntnis geven hett? Ik weet nich.

Selbstoptimierung

Wenn'n sik de Welt im Momang so ankieken deit, froog ik mi, ob de Minsch egentlich noch dat Tüüg för dat Paradies up Eer hett? Sülms hier bi us, wo us dat doch noch goot geiht, hest du dat Geföhl, de meisten koomt mit dat Leven nich mehr kloor. Mööt wi de Minschen optimieren? Is doch jüst een grooten Trend, düsse Selbstoptimierung. Aver leider meist bloots an den Körper un nich an den Geist. De Fassade mookt se, aver de Innenarchitektur ward den Tofall öberlaten. Wi bruukt aver keen Botox för't Gesicht, keen Silikon för'n Busen un Fettabscheider sünd wat för'n Pommesbude un nich för'n Moors. Wi mööt an dat Bewusstsien ran! Aver Selbstoptimierung süht bi us anners ut. Hebbt ji al son Armband wat Schritte tellt? Hett angeblich al jede Drütte. Wat schall dat denn? Dat pingelt, wenn du nich noog lopen büst un sleit di vör, dat du di 'n Hund anschaffen schallst. Un denn ploppt up dien Handy glieks ne App up, wo du för den Köter wat to Freten köpen kannst. Dat eenzige wat'n dormit optimieren deit, is dat

Weten von de Firmen öber us Konsumenten. Düsse Filmkanal Netflix hett to Wiehnachten een Ünnerwiesung för Strümp rutgeven, in de man so Technik instricken kann, de in'ne Lage ween schall, to marken, wann du vör'n Fernseher inslapen büst. Dormit diene Socken bi dien Decoder Bescheed seggen köönt, dat he nu utschalten kann. Dormit du an'n neegsten Dag dor wieder kieken kannst, wo du inslapen büst. Dat mookt de doch nich, wiel de so nett sünd. Nee, dat mookt de, üm to weten, wann wi wo lang kieken doot. Ik kann mi allerdings ok nich vörstellen, dat dat klappen deit. Bi mi tominnst nich. Bi mi slaapt de Fööt doch meist för mi in. Denn geiht de Decoder ut, un ik koom dor nich mehr hen, wiel ik nich mehr lopen kann. Dat is aver ok nich optimal.

För allens gifft dat intwüschen al ne App. För't Gahn, för't Lopen, för't Drinken, för't Slapen. Jo, för't Slapen. Dor staht de Minschen nachts up, üm up dat Handy to kieken, ob se goot slapen hebbt oder nich. Markt de dat denn nich ok ohn dat Handy? Noch bekloppter is de App för't Eten. De meet an diene Kaugeräusche, ob dat, wat du dor eten deist gesund is oder nich. Dor musst du, wenn du Chips eten deist so doon as weern dat Wuddeln, dormit dien Handy di seggen deit, dat du een Goden büst. Wat för`n Quatsch!

Der Spieler und Hintermann, von dem Werner in diesem Buch so viel erzählt ist übrigens *Detlef Wutschik*. Der ist 1966 im Süden vom Norden, in Achim bei Bremen geboren, wollte eigentlich mal Olympiasieger werden, entdeckte dann aber 1976 als Eichhörnchen im Schulmärchen seine Leidenschaft für die Bühne. Dass darin heute Puppen vorkommen ist die Schuld eines Kunstlehrers aus der Schulzeit. Vom Schul- und Boulevardtheater ging es für ihn über die Umwege Handwerksausbildung, Studium und Berufsschullehramt für Farbtechnik und Raumgestaltung zum professionellen Puppentheater.

Seine Wanderjahre absolvierte er als Spieler bei Ralf Königs Puppenshow „Kondom des Grauens", am Düsseldorfer Marionetten-Theater, bei der Sesamstraße, Käpt'n Blaubär und dem Kabarett Männergestalten bis er zusammen mit Werner Momsen von Hamburg aus seine Solo-Karriere startete.

Foto: Philipp Gülland/dpd images